POÉSIES

Georges LEDUC

MADAME . . . .

Vous me demandez de vous faire connaître quelques-unes de mes poésies. Vous savez que je suis toujours heureux de vous être agréable, aussi, je m'empresse de satisfaire votre désir. Les quelques vers que vous lirez ont été inspirés à des époques bien différentes. Une partie date déjà d'un certain nombre d'années. Depuis longtemps, j'ai peu composé.

Puissent, Madame, ces quelques vers vous récréer, et le but que je me suis proposé sera dès lors suffisamment accompli.

Agréez, Madame, mes hommages respectueux.

GEORGES LEDUC.

LE LION

Après avoir passé sur les peuples domptés,
Elevé jusqu'aux Cieux sa puissance et sa gloire,
Le lion se regarda. Ses ongles courroucés
Etaient ensanglantés et las de la victoire.

Il voulait mordre encore ; il n'avait plus de dents.
Il unissait en vain sa force et son courage,
Il sentait s'échapper de sous ses larges flancs
Tous ces rois écumants de colère et de rage.

Mais de peur que ses dents venant à repousser,
Il leur en fit sentir la terrible morsure,
Sur une roche aride ils furent l'enchaîner,
N'ayant pour le garder une grille assez dure.

Par la haine arraché de son tendre pays,
Il demeura captif sur une île lointaine,
Séparé pour jamais de ses anciens amis
Dont les pleurs s'échappaient au nom de Sainte-Hélène.

(1) L'un d'entre eux qui sauva des milliers de soldats,
Et qui sût partager une retraite affreuse,
Plus tard, dans son pays y trouva le trépas,
Pour le roi, sa valeur était trop ombrageuse.

(1) Michel Ney, maréchal de l'Empire, fusillé le sept décembre 1815.

Le lion était souvent debout sur son rocher,
Il regardait toujours du côté de la France,
Et sitôt qu'il voyait un navire approcher,
Ce bonheur passager lui calmait sa souffrance.

La nuit il contemplait triste et silencieux,
Tout ce monde brillant bien loin de notre terre,
Fixait, les bras croisés, l'immensité des Cieux,
Méditait sur sa gloire à son cœur encor chère.

Lorsqu'aux pieds des rochers les flots venaient gémir,
Pensif, il écoutait ces vagues bondissantes
Qui de son cher pays lui paraissaient venir,
Avec le souvenir de batailles sanglantes.

Après avoir ainsi vécu désespéré,
Dans ce cruel exil tout près de six années,
Il vit que s'avançait cet instant désiré
Pour aller regagner les rives éloignées.

Il était sur son lit, entouré du manteau
Qu'il portait autrefois lorsqu'il faisait la guerre,
Quand la mort sur son front vint empreindre son sceau,
Lui laissant un cercueil et quelques pieds de terre.

Un terrible ouragan déchaînait sa fureur,
Au moment où finit la lugubre agonie
Du lion depuis longtemps en proie à la douleur,
Du lion qui s'en allait dans une autre patrie.

LA MESSAGERE

Tourterelle chérie
Prête-moi ton secours,
Va trouver mon amie,
Porte-lui mes amours.

En ce moment peut-être
Son esprit est soucieux,
Elle est à sa fenêtre
Et regarde les cieux.

Auprès d'elle arrivée
Remets-lui ce billet ;
Va, messagère ailée
Qui porte mon secret.

Tout bas qu'elle le lise
Toi seule à l'écouter,
Et qu'heureuse elle dise :
Quel doux bonheur d'aimer.

Messagère fidèle,
Pose-toi sur son sein,
Ne tarde pas près d'elle,
Retourne dès demain.

De sa bouche rosée
Recevant un baiser,
Belle aérienne aimée
Reviens me l'apporter.

Tourterelle chérie
Prête-moi ton secours,
Va trouver mon amie,
Porte-lui mes amours.

III

O vous qui méprisez la femme qui s'oublie,
O plaignez-là plutôt, ô plaignez-là bien fort,
Car par sa faute même elle est assez punie,
Son chagrin s'en ira seulement à sa mort.

Ne savez-vous donc pas que c'est à la torture
Que vous mettez son cœur par vos regards hautains,
Qu'une femme est bien faible, et qu'il faut qu'elle endure
Vos sarcasmes blessants et vos cruels dédains.

Le Christ pardonna bien à la femme adultère,
Et lui qui n'eut jamais rien à se reprocher
Avait bien plus le droit de se montrer sévère,
Mais il n'en profita que pour mieux pardonner.

Imitez le Seigneur, ayez de l'indulgence,
Et lorsque vers les Cieux votre âme s'en ira
Pour toujours habiter dans cette sphère immense,
Dieu sera plus clément quand il vous jugera.

PRIÈRE D'UNE JEUNE FILLE

Souverain roi des Cieux, soutien de l'innocence,
Toi dont la volonté s'affranchit de tout lien,
Mon pauvre cœur de femme espère en ta clémence,
    Sois toujours mon soutien.

Lorsque par les chagrins mon âme est oppressée,
Je trouve en toi sans cesse un doux consolateur,
Vers ton trône sacré je porte ma pensée,
    Tu calmes ma douleur.

Tous les jours les effets de ta grâce infinie
Viennent à chaque instant sur moi s'accumuler,
Mais pour te remercier, arbitre de ma vie,
    O comment m'exprimer !

Je ne pourrai jamais, mon créateur, mon maître,
Qui gouverne le monde, aux grands faisant la loi,
Me prosterner assez afin de reconnaître
    Tes bontés envers moi.

Oui, Seigneur, pour savoir combien je te révère
Tu peux t'en assurer par mon cœur seulement,
Par ce cœur tu verras si je suis bien sincère,
    Si je t'aime ardemment.

Si parfois j'ai péché, pardonne à ma faiblesse,
Prête-moi ton appui, Seigneur, à tous moments,
De ton secours divin l'homme a besoin sans cesse
    Au milieu des méchants.

Accorde à mes parents ainsi qu'à ceux que j'aime
Un heureux résultat aux vœux qu'ils ont formés,
Répands toujours sur eux ainsi que sur moi-même
    Tes nouvelles bontés.

Quand je devrai quitter pour jamais la lumière,
Qu'à tout ce qui m'entoure il faudra dire adieu,
Ne m'abandonne pas à mon heure dernière,
    O mon juge ! ô mon Dieu.

1870-1871 [1]

Il était étendu tout couvert de blessures
Et souffrait pour mourir de cruelles tortures.
Tout-à-coup une femme apparaît à ses yeux,
De sa poitrine un cri s'élève vers les Cieux.
Cette femme qu'il voit est celle qu'il adore,
Vers elle, il tend les bras pour l'embrasser encore,
Mais retombe épuisé par d'atroces douleurs.
Celle-ci sur son front laisse tomber ses pleurs.
« Je meurs pour toi, dit-il, et vers toi ma pensée,
« A cette heure expirant s'est encore envolée,
« Et puisque je te vois pour la dernière fois,
« Penche-toi sur mon sein, fais entendre ta voix. »
A ces mots, saisissant sa pauvre main mourante
Elle pose un baiser sur sa lèvre expirante,
Et d'une douce voix qu'étouffaient les sanglots
En l'embrassant toujours lui dit ces quelques mots :
« Je suis ta bien-aimée et l'on m'avait ravie,
« Tu n'as pas crains pour moi de sacrifier ta vie,
« Mais les temps à venir conserveront ton nom,
« Car tu viens d'acquérir un aussi grand renom
« Que ce fameux guerrier de cette illustre Rome
« Qui pour passer héros savait mourir en homme.

(1) Fait au Mans. en 1871, après avoir eu la variole, pendant ma convalescence.

« Je ne puis que pleurer, je ne puis que gémir,
« Songeant que sous mes yeux pour moi tu vas mourir.
« Adieu mon bien-aimé qui par amour succombe,
« Je reviendrai pleurer sur le bord de ta tombe,
« Mes soupirs, ma prière, en partant de mon cœur,
« Monteront jusqu'au Ciel aux pieds du Créateur. »
Pour lui parler il fait un effort sur lui-même,
A peine peut-il voir cette femme qu'il aime,
Déjà l'enveloppaient les ombres de la mort,
Il faut qu'il se résigne à son malheureux sort.
Mais avant de quitter à jamais la lumière
Que ses membres raidis soient froids comme la pierre,
Une dernière fois il regarde le jour
Et jette à son amante un doux regard d'amour !

Elle part aussitôt et voile son visage,
Lentement disparaît comme dans un nuage
En levant vers le Ciel son regard éploré.
Cet ange de douceur, c'était..... La Liberté.

SOUVENIR

J'étais assis près d'elle et souvent un sourire
Où je voyais se peindre un véritable amour
Sur sa bouche expirait comme le doux Zéphire
Qui vient rafraîchir l'air vers le soir d'un beau jour.

Lorsque je la voyais lever avec tendresse
Ses beaux yeux adorés et remplis de bonté,
Je sentais que mon cœur dans cette heure d'ivresse
Vers un monde inconnu se trouvait transporté.

Dans ces instants heureux mon âme était ravie,
De mon sang j'eus payé ce plaisir d'un moment,
Je goûtais le bonheur le plus cher de la vie,
Bonheur rêvé sur terre et trouvé rarement.

C'était pendant la nuit, la veille d'une fête,
Tout-à-coup son travail s'échappa de sa main,
Sur mon épaule alors elle abaissa sa tête,
Et j'appuyai mon front doucement sur son sein.

Je sentais vivre en moi la joie et l'espérance,
Et cet ange chéri que je préfère à moi
Dormait d'un sommeil pur et plein de confiance
Dans celui qui l'adore et qui vit sous sa loi.

Amour, ô tendre amour, ô délice ineffable,
Ici-bas que peut-on trouver de plus parfait ;
Aux jouissances des Cieux, toi seul est comparable,
Ton essence est divine, heureux qui te connaît.

L'amour est le seul bien durable sur la terre
Au milieu des soucis, au milieu des malheurs ;
Tout autre bien, hélas ! est un bien éphémère ;
Notre amour seul nous reste et vient sécher nos pleurs.

Lorsqu'arrive le jour où notre âme immortelle
Quitte à jamais le corps et vers les Cieux s'enfuit,
Notre amour qui l'étreint et s'envole avec elle
Pendant l'éternité de tous côtés la suit.

Je me laissais aller à ces douces pensées,
Ma seule crainte était de la voir s'éveiller,
Quand je sentis aussi mes forces épuisées
Par un profond sommeil auquel je dus céder.

Mes lèvres, par hasard, rencontrèrent les siennes,
Je sentis de son cœur s'échapper un soupir,
Sa blanche main tomba lentement dans les miennes,
Et cette nuit nous vit ainsi nous endormir.

FABLE [1]

LE FLEUVE ET LES RUISSEAUX

Au milieu des prés verts, aux pieds des gais côteaux,
Le fleuve avec orgueil laissait couler ses eaux.
     L'époque était arrivée,
Où le soleil ardent flétrit de ses rayons
La fleur qui cherche à naître et la fleur demi-née.
De tous côtés venaient à travers les vallons
Des ruisseaux desséchés qui laissaient sur leurs rives
     Le nénuphar mourir.
     Tous au fleuve allaient aboutir,
Et ceux qui conservaient encor quelques eaux vives
     Les lui portaient péniblement.
Celui-ci leur jetant un regard insolent,
     Et parlant d'une voix hautaine,
     Dans sa fierté souveraine
Leur dit : « Infortunés, bien triste est votre sort,
     « Le mien digne d'envie.
« Les herbes sur vos bords ont à peine la vie
     « Et les fleurs y trouvent la mort,
« Tandis que vous voyez couvertes de verdure
     « Les rives de mon lit profond
« Dont l'œil humain ne peut pénétrer jusqu'au fond.
« A quoi pouvez-vous donc servir dans la nature ?

(1) A ma sœur, Mlle Jeanne Leduc.

Les ruisseaux l'écoutaient, et l'un d'eux répondit :
« Vous êtes beau, c'est vrai, partout on vous admire,
« Et le destin pour vous ne cesse de sourire !
« Sur tout votre parcours l'herbe croît et verdit.
« Mais ne montrez donc pas pour nous cette arrogance
« Et laissez voir plutôt quelque reconnaissance,
      « Car les eaux que nous possédons
      « C'est à vous que nous les donnons ;
« Si par hasard un jour nous allions disparaître
      « Peut-être qu'il se pourrait bien
      « Que vous cesseriez d'être. »
Le fleuve avait compris ; il ne répondit rien.

C'est ainsi bien souvent que l'on voit dans ce monde
Les petits travailler pour enrichir les grands,
Et ceux-ci mépriser leur misère profonde
Oubliant que par eux ils deviennent puissants.

LA FLEUR DU CAMELIA [1]

Fleur du camélia, ta saison est passée,
Il ne va plus de toi rester qu'un souvenir,
Ta superbe corolle est aujourd'hui tombée,
Fleur du camélia sur mon cœur vient mourir.

Maintenant tu n'as plus ces pétales rosées
Dont la fraîcheur semblait devoir durer toujours,
A cette heure elles sont pâles, décolorées,
Leur beauté n'a duré que pendant quelques jours.

Fleur du camélia, etc.

Fleur sans parfum, tu nais quand tout dans la nature
Subit des froids d'hiver les pénibles rigueurs,
Tu ne vois pas nos prés reprendre leur parure,
Tu meurs lorsque bientôt naîtront les autres fleurs.

Fleur du camélia, etc.

Des yeux que tu charmais il te faut disparaître,
Laisser en deuil la tige où ta naissance eût lieu,
Tes jours étaient comptés au moment de paraître ;
Adieu ! charmante fleur, et pour jamais adieu.

Fleur du camélia, etc.

____

(1) A ma sœur, Mlle Jeanne Leduc.

SOUVENIR DE VOYAGE (Mont-Blanc)

SONNET

Sans elle il ne trouvait nul charme à l'existence,
Son âme avait besoin d'aller se recueillir,
Vers la neige éternelle il voulut parvenir,
Du ciel il lui semblait rapprocher la distance.

Là, seul, il méditait dans ce désert immense,
Le cri du guide, au loin, cessait de retentir
Répété par l'écho comme un dernier soupir,
Pour faire place ensuite au plus profond silence.

Ainsi que le serpent sur sa proie enlacé,
De même son esprit se trouvait obsédé ;
Bientôt dans le sommeil s'égara sa pensée.

Dans une douce main, la sienne était pressée ;
Mais la nuit s'enfuyait pour faire place au jour,
Le rêve disparut, serait-ce sans retour ? ?

FENELLA

Fille aux jolis yeux bleus, fille de la montagne,
Là, tu peux vivre aimée exempte de souci,
Etre du montagnard une heureuse compagne,
Pourquoi veux-tu partir, aller bien loin d'ici ?...

Comme une sensitive aux folioles sensibles,
    Sous un baiser, sous un soupir,
Voit se flétrir sa feuille et son rameau fléchir,
Ainsi pour toi la ville a des souffles nuisibles
    Bientôt on te verrait mourir.

Dans les grandes cités où tu crois que t'appelle
Un bonheur plus parfait que celui de ces lieux,
Où tu voudrais partout devenir la plus belle,
Bientôt se ternirait la beauté de tes yeux.

Comme une sensitive, etc.

La fleur trop tôt cueillie est bien vite fanée,
A la ville, il pourrait en être ainsi de toi,
Ne dépasse donc pas le haut de la vallée,
Reste, ma Fénella, toujours auprès de moi.

Comme une sensitive, etc.

Ainsi chantait un homme à la démarche fière,
Quand Fénella partit ; on ne la revit pas !
Depuis le montagnard rentra dans sa chaumière
Répétant ce refrain qu'il fredonnait tout bas :

Comme une sensitive aux folioles sensibles,
    Sous un baiser, sous un soupir,
Voit se flétrir sa feuille et son rameau fléchir,
Ainsi pour toi la ville eût des souffles nuisibles,
    Bientôt on t'aura vu mourir.

TABLE

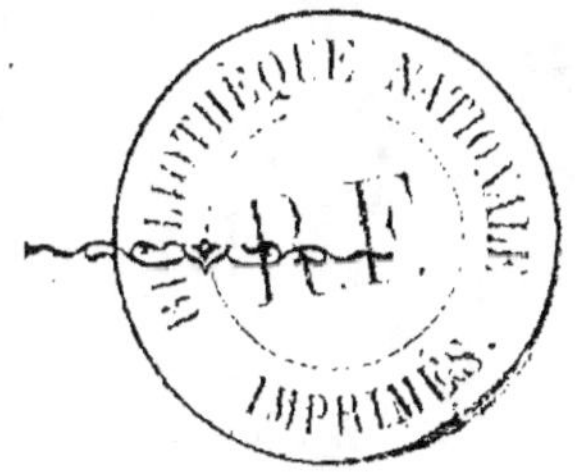